Xiron Poetry Club

磨 铁 读 诗 会

中国桂冠诗丛

杨黎 著

找王菊花

Yang Li

Searching for Wang Juhua

浙江文艺出版社
Zhejiang Literature & Art Publishing House

目录

┃ 红色的椅子 ┃

003　街景

012　动物是我们的朋友

013　童谣

014　一个陌生女人的睡姿

018　撒哈拉沙漠上的三张纸牌

020　旅途之一

022　高处

028　木头

033　红灯亮了

034　《非非1号》之《A之一》

037　有个戴眼镜的人在笑

038　商店

039　大音棚夜总会

041　小杨和马丽

042　大声

043　红色的椅子

047　短诗六首

052　除夕夜十一点，我突然想去埃及

053　擦玻璃

054　1986 年

056　哦，一幢幢红色的房子

057　为一个朋友写一首诗

058　一双像云一样柔软的手

059　一起吃饭的人他们并没有一起睡觉

060　双抠（节选）

063　可以

064　晚清富二先生说

065　北苑邮局

066　现代城市生活

067　给韩东的一封公开信

068　穷神仙

069　读古诗

070　我为怀孕的少女

071　在大连我们谈到白居易

073　在南京和贤茂兄谈论孝道

075　在南京和南南谈恋爱

| 为一个叫谌烟的少女而作 |

079　找王菊花

081　阿尔巴尼亚

082　2006 年 8 月 25 日送杨轻回成都

083　不知道今夜我会梦见什么

085　我来北京是因为这里阳光灿烂

088　难受的诗

090　为一个叫谌烟的少女而作

092　我喜欢懒惰、麻木和没有追求

094　我可不可以用我的诗歌才华换一点美好的生活

095　而戈，帮我想一下这事

097　它是不是真的不重要，但是它肯定假不了

098　给我妈

| 红油水饺 |

103　秘密

107　伪生活

108　郊外

110　路口

111　明镜

112　天呀，这个回忆，为什么有点伤感?

113　猥琐

114　噩梦

115　之间

116　诗可药

117　失败之书

118　论老年人的性生活2

119　明天去广州到底吃不吃海鲜呢

120　轮回

121　半夜

122　水饺

123　红油水饺

130　杨轻说，《七月与安生》不如《我和王小菊》

131　在海口，致敬公孙龙子

132　自怜

133　穿衣镜

| 远飞 |

137　远飞0007

139　远飞0013

140　远飞0052

141   远飞 0096

142   远飞 0134

143   远飞 0232

144   远飞 0264

| 跋 |

147   我依然在实验中 | 杨黎

149   英雄与大师 | 沈浩波

| 红色的椅子 |

街景

献给阿兰·罗布 – 格里耶

这条街远离城市中心
在黑夜降临时
这街头异常宁静

这会儿是冬天
正在飘雪

这条街很长
街两边整整齐齐地栽着
法国梧桐
（夏天的时候
梧桐树叶将整条整条街
全部遮了）

这会儿是冬天
梧桐树叶
早就掉了
街口是一块较大的空地

除了两个垃圾箱外

什么也没有

雪

已经下了好久

街两边的房顶上

结下了薄薄一层

街两边全是平顶矮房

这些房子的门和窗子

在这个时候

全部紧紧关着

这时还不算太晚

黑夜刚好降临

雪继续下着

这些窗户全贴上厚厚的报纸

一丝光线也透不出来

这是一条死街

街的尽头是一座很大的院子

院子里有一幢

灰色的楼房

天亮后会看见

黑色高大的院门

永远关着

站在外面

看得见灰色楼房的墙灰脱落

好像窗户都烂了

都胡乱敞开

院子围墙上已经长了许多草

夜晚月亮照着

没有一点反光

灰色楼房高高的尖顶

超过了这条街所有的

法国梧桐

（紧靠楼房的几间没有人住

平时也没有谁走近这里）

这时候却有一个人

从街口走来

很夜时

街右边有一家门突然打开

一股黄色的光

射了出来

接着"哗"的一声

一盆水泼到了街上

门还未关上的那一刹

看得见地上冒起

丝丝热气

最后门重新关死

雪继续下着

静静地

这是条很长很长的街

没有一盏路灯

异常地黑

记得夏天的晚上

街两边的门窗全都打开

许多黄光白光射出来

树影婆娑

（夏天的晚上

人们都坐在梧桐树下散凉）

夏天的中午

街口树荫下面

站着一位穿白色连衣裙的少女

（风微微一吹

白色连衣裙就飘动起来）

这会儿是冬天

正在飘雪

忽然

"哗啦"一声

不知是谁家发出的

接着是粗野的咒骂

接着是女人的哭声

接着是狗叫

（狗的叫声来得挺远）

有几家门悄悄打开

射出黄光、白光

街被划了好些口子

然后，门又同时
悄悄关上

过了好一会儿
狗不叫了
女人也不哭了
骂声也停止了
雪继续下着
静静地

这时候却有一个人
从街口走来
当然
秋天不会有
秋天如果有人在这个时候走来
脚踏在满街的落叶上
声音太响

这会儿是冬天
正在飘雪

雪虽然飘了一个晚上

但还是薄薄一层
这条街是不容易积雪的

天还未亮
就有人开始扫地
那声音很响
沙、沙、沙

接着有一两家打开门
灯光射了出来

天快亮的时候
送牛奶的在外面喊
拿牛奶了
接着是这条街最热闹的时候
所有的门都打开
许多人都推着自行车
呵着气
走向街口
这个时候
只有街的尽头
依然没有响动

天全亮后
这条街又恢复了夜晚的样子
天全亮之后
这街上宁静看得清楚

这时候有一个人
从街口走来
（穿一身红色滑雪衫）

冬天

秋天是满街落叶
春天树刚长叶子
夏天树叶遮完了这整条街

但这会儿是冬天
虽然雪停了
这会儿依旧是冬天

这会儿虽是冬天
但有太阳
街尽头院子里的灰色楼房

被太阳照着

这是一条很长很长的街
两边所有的房子
都死死地关着
这是一条很静很静的街

天全亮后
这条街又恢复了夜晚的样子
天全亮之后
这条街上宁静看得清楚

这时候
有一个人
从街口走来

1984

动物是我们的朋友

植物成熟时
我们就去收割
它们丰满的身躯
将我喂得轻灵
那是多么美丽的安排
它们的生命
在我们的躯体内
获得灵魂
它们为我们长大
为我们死去
并为这一死去期待许久
而动物不同
动物是我们的朋友
我们屠杀它们
还吃掉它们的尸体
在这之中
身体一天天变壮
一直壮到衰老

1985

童谣

能够赶上汽车的人
真是幸福。他们
总在天黑前
回到自己的住处
从外面
到家里
这长长的奔走中
他们坐在车上
不需要动
而没有赶上汽车的人
他们在走路
天虽早就黑尽
妻儿也等得
好疲倦
哦,因为
赶不上汽车
他们就得
一直走到
天亮

1985

一个陌生女人的睡姿

先是侧卧着

把背向我

两腿弯曲

上面的那一条放在

被子外

长

丰满

一呼一吸使整个

向我的背部一起一伏

过会儿

她翻一个身

呈仰躺形

两条腿从两边

斜伸出被子

被子齐胸部整齐地

盖在两腿中间

一只手也露出来

并放在

小腹上面

这时我才看清她的脸

在睡眠中

又是那样红

突然

她动了一下

里边那腿

朝上弯曲

弓成一个三角形

被子就从她

均匀起伏的胸部

滑了下来

她拿那只手

把脑后的头发

轻轻地梳理一下

整个动作

她都闭着眼睛

在灯光下

她的胸部是那样圆

颈与乳

成一条流线

看不见断裂的地方

她乳罩的颜色是黑的

而她的身子

是白的

一会向上

一会儿又降下

上或下

之间

没有明显的间隔

这时候

她又回到侧卧

只是已经

改变了方向

她的脸向着我

两只手弯在上面

嘴角微微张开

咬住其中一截小指

腿，弯向前

身子向后

乳与乳

以及乳与乳之间

都比较明显

那条被子

横盖在

中间

过了好久

她依然这样

灯照着她

她静静地躺着

她不知道

我就站在很近的地方

看着她

1985

撒哈拉沙漠上的三张纸牌

一张是红桃 K

另外两张

反扣在沙漠上

看不出是什么

三张纸牌都很新

新得难以理解

它们的间隔并不算远

却永远保持着距离

猛然看见

像是很随便地

被丢在那里

但仔细观察

又像精心安排

一张近点

一张远点

另一张当然不近不远

另一张是黑桃 K

撒哈拉沙漠

空洞而又柔软

阳光是那样刺人

那样发亮

三张纸牌在太阳下

静静地反射出

几圈小小的

光环

1986

旅途之一

有一个小女孩
被汽车轧死了
就那么轻轻一下
她就躺在
路的中间
有少许的血
从她身上流了出来

她的父亲正从前面跑来
她的母亲趴在她的身上
已经无法哭出
许多人
围在四周

交通顿时阻塞
来往的汽车在两边
停了长长一串
我恰好在其中一辆车上
我得赶到那边去

坐开往远处的火车

但小女孩躺在路中
没有哪一辆汽车
敢从她的身旁开过去
那是郊外
一个普通的下午
阳光明亮而又温暖

1986

高处

A

或是 B

总之很轻

很微弱

也很短

但很重要

A，或是 B

从耳边

传向远处

又从远处

传向森林

再从森林

传向上面的天空

A

或是 B

请闭上眼睛

看这里

看猫

火山

一条路

还是夜晚

还是陌生人

仿佛

B

或是 A

我终于听见的

只是一种声音

我终于感到的

仅仅是他们

我也终于看见

我自己

站在门前

手里拿顶帽子

背后是

整个黄昏

B，或是 A

那样自在

那样风流

又那样非非

一点也不隔

一点也不刺人

当然一点也不突然

真是从未有过的冷静

真是从未有过的空荡

从未有过的悠闲

A

或是 B

随我而来

随我而去

随我坐下

最后随我的手指

于同一地点

同一时刻

翻开诗

看那些陌生人

举着红旗

冲向前

B

或是 A

看阳光

照着大地

照着大地上的森林

河水，或是楼房

照着人

走的，或者站着

也照着你

你坐在河边

阳光

美美的

照着我的身子

我抬起头

看向前面

前面正被太阳照着

B

或 A

或其他

这里好多怪事情

好多。如——

小人，为什么要长大

大人，为什么要变老

老人，为什么要死

想起要死

我就无话可说

想起陌生人

而我总不认识

B 啊

或是 A

这里怪事太多了

太 A 了

或者太 B 了

我们无法说清

我们何需说清

我们只有走

悄悄地走

赶在天黑之前

A 啊

或是 B

我们结伴而走

不然走远了

会找不到方向

那时

我真不想看着你

一个人

站在路口

A

或是 B

这夜晚多宁静

多轻

多短

又多么重要

森林上面的天空

多蓝

森林里面

又是多么黑

什么也看不见

什么也没有

什么也不曾发生

只有 A

或是 B

我听见了

感觉到了

A

或是，B

1986

木头

当然

它是一根木头

放在地上

它很长

扛在肩上

它有点重

它曾经长满树叶

在风中

还沙沙作响

每一个走近它身边的人

都格外小心

或者，停下脚

举头观望

有时候

噢的一下

什么东西

就越来越远

又有时候

哦

阳光照起来

照在树叶上面

照在森林的全部

或一部分

在天空下面

闪闪烁烁

但现在

它已倒下

倒成一根木头

不再有声音

就算雨中

它还是

不再有声音

而以前

哪怕是偶尔起风

它也是啷啷啷的

更或

呼啦一下

响彻整个世界

但现在不行了

现在

它是一根木头

它的一端

看不怎样清楚

它的另一端

也看不怎样清楚

我是说

在黑夜里

站在这根木头的中间

哦木头

它曾经婆娑多姿

又实实在在

那些尖尖的树叶

都朝向四周

朝向天空、地面

和小孩夜里

甜甜的梦中

朝向嘀嗒

那种响声

一动不动的远处

更朝向

不可企及的

每一双眼睛

以至

摸得着

但描绘不出它的形状

但现在

它是另一个样子

失去了先前的颜色

和，那些

栖息在上面的鸟儿

更失去了

开花的

那种日子

总之，这木头

有的做成房屋

有的做成船

驶向遥远的大海

也有的

被燃烧而

照亮整个黑暗

木头

这圆圆的

长长的

放在地上的

扛在肩上的

这，木头

回想那个时候

那个时候在森林

每一片树叶

都那样宁静

于月光下

于风中

1987

红灯亮了

红灯亮了
远方的小丽
红灯亮了之后
又熄了
红灯熄了之后
又重新亮了
一盏普通的红灯
高悬在空中
那远方的小丽
红灯熄了以后
又重新亮了
红灯亮了

1987

《非非 1 号》之《A 之一》

墙壁上写着：A

玻璃窗上也写着：A

（玻璃窗上的 A

从这面能看见

从那面也能看见）

一本书放在桌上

（她的书

她还没有回来）

书的封面上

写着：A

衣服上写着：A

（衣服挂在树枝上）

地上写着：A

在外面捡到一张纸

那上面也写着：A

路上写着：A

使我走得格外小心

夜晚

天上写着：A

床上写着：A

在梦里写着：A

碰见一个人

他的额头上写着：A

一根水泥电杆上

写着：A

两根水泥电杆上

写着：A

三根水泥电杆上

写着：A

拐了一个弯

某一根水泥电杆上

依然写着：A

A：老虎的嘴张开

（它的舌头上

也写着：A）

蛇爬行在沙漠上

它爬行的痕迹

还是：A

镜子上写着：A

树叶上写着：A

A 上更写着：A

透明的和不透明的

都写着：A

阳光下写着：A

诗里写着：A

我写着：A

下午，多么晴朗

收到朋友的信

信封上写着：A

我刚要拆信

又停下

我想

那里面

可能也是：A

A：（在雨中）

哗啦啦好多的 A

1990

有个戴眼镜的人在笑

下午我穿过马路
看见一个戴眼镜的人在笑
他就站在路边
中等身材
穿一身灰色的衣服
有许多人从他身边走过
还有一两个站在
离他不远的地方
其中有个女的
年龄和他差不多
也戴着眼镜
我看不出她是否在笑
我看得出的
只是她正准备
穿过马路
就从我即将踏上的这边
到我刚来的那边去

1992

商店

早晨八点钟

对面商店就开了门

模样像老板的男人

站在门前对两个女售货员说着什么

说完后

他就走了

两个女售货员站在商店里

一直等到十点

才有一个顾客进来

这是夏季

商店里正在出售

降温的饮料

那个顾客

买了一袋大冰

一边吸着

一边走出商店

两个女售货员

依然站在商店里

1992

大音棚夜总会

一九九四年二月二十八日

在成都南郊

我们办了一家夜总会

并将之命名为大音棚

开张那天

何小竹从西安请来了乐队和模特儿

那些粉红的大腿和

伤感的摇滚

使我们的生意很好

进入夏天

客人开始减少

到秋天时

很多晚上

就只有一两桌

但不管怎样

我们依旧得开到很晚

我和何小竹

常常坐在空荡的大厅里

一边喝可乐

一边谈话

有时候谈诗歌

有时候谈生意

有时候谈女人

有时候谈得疲倦了

站起来正想走

又来了几个客人

而且是朋友

我们就得再坐下

陪他们说话

在夜总会

我学会了唱卡拉 OK

我喜欢唱的一首歌

是《谢谢你的爱》

但我唱得好的

是一首《安妮》

1994

小杨和马丽

在这个秋天

寒冷来得真快

我已经穿上冬天的衣服

小杨和马丽

也穿上了冬天的衣服

一个是棕红色皮衣

一个是墨绿色皮衣

九六年深秋的一个傍晚

天将黑尽

她们挽着手

从广场走过

一阵阵秋天的风

吹到她们的身上

1995

大声

我们站在河边上
大声地喊河对面的人
不知他听见没有
只知道他没有回头
他正从河边
往远处走
远到我们再大声
他也不能听见
我们在喊

1995

红色的椅子

椅子为什么是红色的？
这真是一个问题
还有坐在它上面的少女
她把椅子的颜色变得更加的红
为什么？为什么？
如果是在乡村
这椅子一定会成为乡亲们喜爱的
一件吉祥物
预兆丰收、天亮和洞房之夜
如果是在海边（蓝海边）
它和坐在上面的少女
都应该无比幸福、美丽
但红色的椅子
它放在我刚买的新房子里
那它的颜色，以及
上面坐着的少女
都被这空洞的房间
搞成一部恐怖片的开头

1998

| 北苑邮局 |

短诗六首

1 我叫她过来……

我叫她过来，她却为我

端上一盘红烧肉

我叫她：筷子

她为我拿来啤酒和纸巾

这个乡下女人

她像啤酒一样，又像纸巾一样

但她更像红烧肉

我们吃完饭后

她把我们

送到门口

2 睡到天亮……

睡到天亮都未睡着

只因为外面的一片灯光

就算我拉上窗帘

外面的灯光依然照亮

我的床前和床上

在这个夏夜

一幢大厦正在加班修建

而我们的爱情

也已经越来越

纯洁到快感

3 在百盛……

在百盛广场

一个女儿对她母亲说

我没有戴乳罩

一件白色的体恤

紧包着她丰满的乳房

以及突出的两点

这太像我年轻的时候了

母亲想，松软的地方

有点微微发胀

在百盛广场

一对母女正穿过

阳光下面

4 北方寒冷的……

北方寒冷的冬夜。真寒冷

十里二十里之远

看不见一个人

和一头牲口

我的女友马丽

和她的父母

在家里

围着一座火炉

冷啊，马丽的父亲说

并把手伸向火炉上面

马丽抬起头

她看见墙上的钟摆已经停止了它的摆动

5 晚上我在……

晚上我在前沿喝酒

有老三和陈小姐

酒过半打，老三说

我要和陈小姐结婚

我大惊！赶紧用眼睛去

看陈小姐，陈小姐

她正低着头

老三说：看她干吗

我说的是真话

恰巧一个熟人走来

我说：你坐下

又大声喊：小姐

拿杯子来

6 喜来登酒店……

喜来登酒店二十七楼。一块

巨大的广告牌竖立在上面

我要与蓝天一起飞翔

这不错。但问题在于

蓝天，它怎样飞翔

从一个天空，到另一个天空

蓝色的冰激凌在阳光下

正溶化着，消失着

像一个孩子，他手里拿着的

只是冰激凌外面的蛋卷

当他走过时

正好被我看见

2000

除夕夜十一点，我突然想去埃及

我独自站在橡皮的门前
突然想去埃及
不是为了金字塔
也不是为了女人们
（虽然从沙漠上走过时
她们从来不穿鞋子）
我想去，只是因为除夕的夜里
街上一个人都没有

2001

擦玻璃

我和你一起擦玻璃

我擦我们家的

你擦你们家的

我擦了一半

停下来看着玻璃的外面

已是午后

太阳阴了又亮

会不会还有其他人

也在擦啊

像你一样

也像我一样

而其中一个

正停下来

看着玻璃外面

2001

1986 年

我和一个少尉
从重庆回
成都。在夏天的
火车上，我
和一个少尉
坐在一起
在抽烟
我穿着一件黑色的
T 恤，留着微微的
长发。少尉
穿着军装
军帽放在
茶几上。1986 年
夏天，火车的窗户
开了一大半
我坐在迎风的窗边
少尉坐在
我的对面
有一些烟灰

落在我的手上
当我发现时
这个少尉
已经靠在火车的
靠椅上，睡
着了

2002

哦，一幢幢红色的房子

并不是只有在梦中
我们才能看见红色的房子
就是在现实里
当我们从八一路走过
也会看见一幢幢红色的房子
一幢，两幢，三幢
三幢后面还是红色的房子
三幢后面的房子
我们尚未看清楚
究竟有几幢
那天下午我在看时
旁边也有人在看
他一边看还一边说
怎么是红色的呢
我没有理他
甚至连回头看他一眼也没有
那天下午
我看得非常的专注
并且被那些红色的房子
搞得像我们家
发情的白猫

2002

为一个朋友写一首诗

我要为铁蛋写一首诗

这个想法产生在他回成都那天

当我们二麻二麻地分手

我回光熙门北里

他直接去机场

这个已经快三十年的朋友

突然像一句诗

咔嚓一声

横在我的路上

公元 2002 年 4 月

他来北京待了三天两夜

我们一起吃了一、二、三、四、五顿饭

2002

一双像云一样柔软的手

我有一双像云一样柔软的手

背在我的身后

不是一般的人

我不会轻易就伸出来

特别是到了北京

在这个干燥的地方

我更加珍惜它

就像珍惜 1966 年 4 月 21 日下午

我握在手里的

一颗奶油球糖

2002

一起吃饭的人他们并没有一起睡觉

他们只是在一起吃饭

吃完饭后

就各自走了

而没有一起吃饭的人

也是这样

他们吃完饭后

也各自走了

那么，我问小杨

谁和谁一起睡觉呢？

小杨说：谁和谁一起睡觉

谁和谁心里明白

2002

双抠（节选）

5

有一个下雨的黄昏

这是我 1982 年写的一篇小说

写的是我和两个女人的事

那一年，我和她们

在一起待了三个星期

这三个星期中

我没有和她们任何一个人说到爱

也没有和她们一起说到

仅仅是有一个下雨的黄昏

我们三个人坐在办公室等雨

我无意间

把一只手放在了其中一个的背上

而另一个看见后

红着脸低下了头

9

吃饭的时候我们不谈论性

小杨说

并不是我不谈

而是没有机会谈

小杨说完这话

把眼睛转过去

看着窗外

窗外还在下雨

小雨

但是已经下了三天三夜

如果可以

我说

我愿意和你

谈一下

比如高潮

一般在什么时候出现

小杨依然看着窗外

而窗外

小雨像窗帘一样

遮挡着远处的建筑物

我的高潮

小杨说

我已经好久没有见过它了

它像一只逃跑的猫一样

然后

小杨停顿一下

我知道

她本来还想说什么

但她最终

没有说

10

再说一次中南海

在橡皮吧

我问张小静

你为什么喜欢抽中南海

她说是因为合适

一是它的价格

二是它的口味

三就是它的身份

除了她之外

在成都

抽这种烟的

我还看见有唐蕾

2002

可以

我可以
用一张百元的人民币
把一根筷子砍断
我还可以
从梦中回到成都
把一件衣服
拿到北京来
当然，这些都可以
是假的
而真的是
我可以用一张纸牌
把上帝、观音
和我的前世
请到面前
问他们
这首诗好吗
他们齐声回答
还可以

2002

晚清富二先生说

大太太二太太

还有三太太

我不喜欢的

其实是四太太

但我喜欢

四太太家的丫头

她叫小红

在私下里

我叫她红红

有一个春天的下午

下着密密麻麻的雨

我和小红

在四太太的院中

喝了一下午的茶

2002

北苑邮局

7 月 6 日中午 12 点 37 分
我从出租车上下来
往里面走。我以为走五分钟
就可以走到
北苑邮局
结果走了二十五分钟
都还没有看见
邮局一样的房子
这使我站在那条路的中间
不得不有点犹豫
行人稀少
太阳特大
路边一家接一家的铺子
有的门开着
有的关着
关着门的
主要是几家发廊
它关着的玻璃门上
写着冷气开放

2003

现代城市生活

我父亲在五马路上摆了一个卖报的摊子
他卖报纸，也卖一些杂志
其中有一本叫《现代城市生活》
是我办的。每个月
我都要派我的五个手下
去他那里买五本
我父亲说
你的杂志卖得还不错

2003

给韩东的一封公开信

亲爱的兄弟
如果你真的
对我的诗歌观点
那么反对
我就把它
放弃了
怎样
我不愿意
因为它
而影响
我们的感情

2003

穷神仙

睡觉，睡觉

勇敢地睡觉

不做爱，不做梦

更不做失眠的人

一觉睡到天亮

睡到想起来

才起来

就像某某

没有工作

要找我借钱

我对他说

我也没有工作

所以

我也没有钱

2003

读古诗

相思比孤独可怕，特别是在古代

三千里路要走五年，一年比一年远

如果我在等待，我当然在等待

那我们见面的日子是哪一天

胡马依北风，风又冷又大

越鸟巢南枝，只是它能否承受

生命中越来越接触不到的轻

昔为娼家女，今为荡子妇

所有的苦和怨，也仅仅

是因为没有飞机：我下午从北京出发

黄昏时已经和朋友们在成都喝酒

2004

我为怀孕的少女

我为怀孕的少女

准备了木桶

它宽大、舒适

放得下整个

雪白的大肚皮

我把木桶

送到少女的卧房

让她自己分娩

她的孩子可能是黑色的

如果头先出来

那就太好了

如果是屁股先出来

又有谁能帮她

她还那样小

才初为人母

2004

在大连我们谈到白居易

比任何闪亮的明星还要闪亮

初到苏杭，万人空巷

诗人，刺史，新近失意的

中年才子，还有蜀国的爱情

遥远，隐蔽，若有若无

夜夜琵琶声，一声比一声低眉

少女和少妇全体出动，擦肩接踵

花枝招展地绕过青石板桥

不单是为了看他

更大的希望是被他看上一眼

李杜以还，鲜有其体

让我们这些后来的诗歌写作者

望不见早已消失的背影

当然，这并不是说那把野火

也不是感叹"此恨绵绵无绝期"

在大连，新婚之路沿海而去

我们偶尔停车，下来说些风凉话

有人还找地方解手，甚至还解大手

生活多复杂，整个世界千丝万缕

只是一个诗人，他混到现在
却连一根针都要不了
更不要说大珠小珠，以及回头一笑
那是啥子？那是白居易的福气
他晚年放纵酒色，搞忘了卖炭翁
这不关我的事。谁突然插话
沉默，就像手机响了一阵又一阵之后

2005

在南京和贤茂兄谈论孝道

那真是一道人生的难题
难啊难，简直难如上天入地
我们用尽毕生的精力、青春和才华
也没有绕过它，甚至没有和它
保持应有的距离。我转过头
推窗远望，像一个做了错事的小学生
万恶淫为首，不孝无后为大
我有一儿一女，依然汗不敢出
想起当年父亲临去，他已经去了五年
偶尔梦到，醒来后依旧茫然
贤茂兄，我的至交好友
许多事我只能想，但并不能说
游子身上衣，慈母手中线
而自己二十一岁就远去了南京
怎么不变得小心翼翼。远处是富贵山
从他家的窗户看得见山上的景色
就在这里，他拿出一本书
胡适之先生曾经说，孝道猛如老虎
吃掉了多少英雄儿女。不仅仅是

他们的身体，还有他们身体中的梦想

只是先生却是一个有名的孝子

温柔敦厚，全没有新文化的锋芒

这时南南进来，她刚洗了澡

新鲜的头发披散在裸露的肩膀上

沉默。过了好久，我提出这样一个问题

请问兄弟，究竟什么是母爱

它小如松子，掉下来同样可以砸死人

2005

在南京和南南谈恋爱

去南京的路上，我和南南在立水桥

买了一大把白色的香水百合

我将其中一枝放在南南的手上

我的目的是想让它变成红色的百合

即使它是香水百合，也该是红色的香水百合

这是不可能的事情，南南坚定地说

眼睛中却仿佛另有含义。1974年，她刚出生

而我十二岁，并没有想到今天的谈话

哦，我怎么还那样小过？少年意气迟迟未发

一直迟到今天：我第一次和一个女人

出远门，并且一出门就谈到了恋爱

九月的南京，晚上，热气渐消，但凉气还没来

就算凉气来了，这也是不可能的事情

而它之所以不可能，是因为我说它不可能

恋爱，南南开始抽烟，她已经抽了很多的烟

不仅是在南京，甚至在北京，我不知道

反正爱不是用来谈的，而是用来做

谈恋爱的人，都还没有恋爱。我无言

当时夜已深，她轻移两步，悄悄地把门关上

一瞬间美如好货，堕落如灿烂

人生得意须尽欢，哪管骨髓枯或酥

只是我依然这样认为：爱不是要，而是想要

只是我依然这样认为：恋爱不是爱，而是谈恋爱

我们关灯睡觉，我放在南南手里的百合

已经看不见颜色：但它还在南南手里

香气袭人，温柔弥漫三个房间

2005

｜ 为一个叫谌烟的少女而作 ｜

找王菊花

在中国，有没有
三万三千三百三十三个
王菊花？
在中国北京
有没有三千三百三十三个
叫王菊的女人？
她们都是些什么样的女人哦
都是些什么样的女人
其中一个，当时只有十九
和我在天通苑生活了
三百三十三天又三个小时
那是好幸福的日子
只是太过短暂
当三个小时过后
她去了北四环
就再也没有回来
在中国，有没有
三万三千三百三十三个
王菊花？

在中国北京，有没有

三千三百三十三个

叫王菊花的女人？

我只认识一个，仅仅只认识一个啊

可是她走了，就再也没有回来

2006

阿尔巴尼亚

在我们那个年代没有人不知道阿尔巴尼亚
没有人不知道它是欧洲社会主义的一盏明灯
而另一盏明灯是我们自己。在那个时代
从北京到地拉那，我们都会唱这样一首歌
海内存知己，天涯若比邻。我是后来
才知道这是中国唐朝诗人王勃的诗
他很早就死了，根本没有去过地拉那
当然更不知道地拉那：不知道它其实非常地小
我们的朋友魏国曾经神秘地对我们说：整个
阿尔巴尼亚就像我们古代的夜郎国
我记得，我保证：那天是 1974 年的某一天
我们刚满十二岁，都以为他说的是反动话

2006

2006 年 8 月 25 日送杨轻回成都

请不要对我说人生是一出悲剧
即使它是悲剧我也无法
从台上跑下来
从前有一个和尚就是因为中途跑过一回
结果到现在他的戏都还没有演完
杨轻啊，你过西安了吗
我想

2006

不知道今夜我会梦见什么

这段时间我喝酒特别多

这段时间我睡觉也特别多

不只是觉睡得多

睡觉的地方也特别多

有时候它在志新桥

有时候它在中央美院

有时候它又在旧鼓楼大街

所以，就在这段时间里

我做的梦也特别的多

就像我二十一年前

二十一年前，我二十三岁

每天早晨一睁开眼睛

就要把我的梦讲给

还在半梦中的女友听

现在我还是想讲

只是这些梦已经不太清楚

它们有时候在志新桥

有时候在中央美院

有时候，特别是夜深人静

它们又在旧鼓楼大街

所以我喜欢旧鼓楼大街

2006

我来北京是因为这里阳光灿烂

华安，今天
是阴天
一阴到底的
那种阴天
上午像黄昏
下午它
也像黄昏
只有黄昏时
不像黄昏
黄昏时，它
已经像极了夜晚
华安，对
我这个天生的
黄昏恐惧症
患者，今天这
天气真让我
一天都在烦躁中
不是烦恼的烦
也不是躁动的躁

就是烦躁。它

让我有点怕

有点不知所措

就像华安

你究竟是谁

怎么突然出现

在我的诗里

并且就在

这个像黄昏一样

让我惶恐的

阴天：它比黄昏漫长

它就在我的窗外

而华安，你在哪里

你是哪个

或者，在这个

狗 × 的阴天

有没有你

这个叫华安的人

我没有钱了

我的手机

也没有钱了

所以今天我很安静

它就像今天

看起来马上就黑

其实离黑

比离华安还远

真的，华安

我说的全部是真的

如果有一天

你看见我的诗

你就会知道

这首诗是我在

北京天通苑

东 1 区 12 号楼

1901 室写的

当时我一个人

住着四五间房子

它们和外面

像黄昏一样的阴天一样阴

我无言

2006

难受的诗

我向左侧躺着睡
感觉压着我的心脏
我向右躺着睡
又压着了我的肝
我仰躺着睡
我的肠子和胃
就自己压着自己
反反复复的
怎样它们都不舒服
我的肝为我承受
太多的酒精
我必须爱惜它啊
而我玩的就是心跳
它常常被迫跳得很快
压着它，实在不忍
至于我的肠胃
曾经跟着我吃得太多
现在跟着我又吃得太少
比如今天早晨

才想起昨天

我基本上粒米未进

2007

为一个叫谌烟的少女而作

谌烟，原名陈璐
1984 年生于
湖南省衡阳市
2001 年就读
湘潭大学哲学与
历史文化学院
2004 年 6 月 3 日
服毒自杀
2007 年 5 月
我偶然读到
她的一些诗歌
其中有一首
叫《我想卖身》
是这样写的：
班长通知我
后天补交学费
四千四百元
妈的 ×，这是我
读完之后

脱口而出的

一句脏话

我不敢说这诗

写得真好

哪个狗 × 的敢说

这诗写得真好

2007

我喜欢懒惰、麻木和没有追求

从表面上看
我有很长时间
什么事也没干
实际上，我还是
什么也没有干
我像一个懒惰的人
又懒惰又麻木
而且又没有追求
我的朋友们，是的
某某和某某某
他们小心翼翼地
谈论着我的生活
就像两只老虎
谈论着一只
并不认识的狮子
天黑了，他们看见
我独自待在屋里
就像白天那样待着
只是他们不知道

其实我内心好激烈

激烈得都要不激烈了

那是因为，我

说好了在等一个人

一个遥远的女人

如果她不来

我将永远懒惰

麻木和没有追求

如果她来了并愿意

和我紧紧地一搂

我就再也不是现在

这个样子

我是神：一个懒惰

麻木、没有追求的神

2007

我可不可以用我的诗歌才华换一点美好的生活

我在睡梦中碰见了上帝
他问我过得怎样？我说不好
上帝很是诧异。他说
我给了你那么高的诗歌才华
怎么会过得不好呢？
我苦笑。上帝啊，如果你愿意
请拿走我的诗歌才华好了
我就想过一个平常人的生活
有钱，很有钱，有我的诗歌那么多的钱
我感谢你，我的上帝

2007

而戈，帮我想一下这事

有一天，我给而戈
讲了一个女人的故事
有冤屈，或比冤屈
更悲惨的不幸
而戈说，杨黎
我想看你把它写出来
我摇头，眼睛拿开
并不是所有的事
都可以写的。再说
我找了个简单的借口
我现在那么忙
这是一月前的事
至少有二十天
直到今晨5点
而戈，我从梦中惊醒
突然就非常地想写
我想啊想啊，那女人
有没有那女人
她究竟发生了什么

悲惨得让我不能入眠

在星期天的早晨

窗外有人在卖白菜

2007

它是不是真的不重要，但是它肯定假不了

对于那些因为误会而产生的误解我原谅

对于那些因为性格相异而相成的冲突

我还是原谅，当然包括原谅我自己

对于偶然的口误所引发的伤害

我原谅偶然，以及口误和它的伤害

我不需要道歉，更不需要磕头

我像许多自以为被伤害了的人一样

只要你给出一个合理的解释

比如你醉了：我永远原谅醉了的人

因为它其实是在原谅我本人

就是对那些为了自己的利益而抛弃我的

我也原谅：不论他得到这个利益没有

而我不原谅的事情我现在还不知道

虽然就在今天，就在一个小时之前

突然一个电话打进来，然后就关掉手机

我不知道这样的玩笑我会不会原谅

我只是感觉它太像是在做梦了

怪不得最近我总是一个梦接着一个梦

2007

给我妈

昨天下午
天正在黑
我路过
立水桥
突然听见
我妈在
喊我
仿佛就像
八年前
她从成都
来北京耍
我们坐
13 号地铁
回天通苑
就在立水桥
是的，突然
走丢了
当时天也是
正在黑

而且瞬间就

要黑完

我听见我妈

大声喊我

的名字

很响，很急，很远

我寻声而去

找到她时

天就真的

黑完了

2010

| 红油水饺 |

秘密

我告诉你
我有一个
秘密
是想换
你的秘密
我以为
当我有了
你的秘密
而你又有了
我的秘密
我们就
有了共同
的秘密
对于那些
不知道
我们
秘密的人
我们是
两个秘密的人

至少是两个

有秘密的人

但事情

并不

这样啊

当我告诉你

我的秘密

你却没有

告诉我

你的秘密

我记得

当时

你笑了笑

说：那我去

买包烟吧

然后

站起来

就走了

而且

你走了

就再也

没有

回来

那虽然

是很久

以前的事

但却是我

一直

担心的

大事情

当我的秘密

就这样

丢失后

我坐立不安

风吹草动

一听见

谁说谁

就以为

我的

那个秘密

是不是已经

被传了

出去

哦，束晓静

束晓静

南无阿弥

南无阿弥

哪个陀佛

2015

伪生活

两个坏人
一男一女
都贪得无厌
还喜欢撒谎
骗人钱财
一个还曾经
冒充大款
骗了另一个
另一个经常装
有文化的人
有身份的人
招摇过市
这样的生活
他们过了五十年
五十年后
他们还在一起
真挚的爱情
感动了好多男女

2016

郊外

有几条狗
在远处的空地上
但没有看清楚
那是些什么狗
它们围着一堆垃圾
跑去跑来
该是丧家之犬
而其中有条
似乎还一边叫
一边在躲闪
它的身上
正骑着另一条
比它大的狗
仿佛也是这群里
最大的狗
夕阳非常亮
有一条狗，开始往
更远处奔跑

更远处，有两条

又在跑过来

2016

路口

归云堂街边
三五一群围坐着
一些打牌的人
差不多都是老头
也偶尔有太婆
但今天下午
我却看见两个
女人也和他们
在一起
其中一个
年轻，时尚，漂亮
另一个走近看
虽然已快中年
但更耀眼
她穿的是白色裙子
一条大腿无意
伸到了外面，这
让整条小巷子
和这个下午好性感

2016

明镜

我的指甲刀掉了
这让我好久
都没有剪指甲
一个和尚说
改天去买一个吧
你的指甲已经
划痛了你的女友

2016

天呀，这个回忆，为什么有点伤感？

有一年冬天
我回成都过年
早晨，天
还又冷又黑
我听见我妈喊杨轻
让她去外面
买点早饭回来
给你爸
买三两钟水饺
不要放糖
我听见杨轻
在楼下回答
我晓得

2016

猥琐

我看见她的背部我就激动了
而当她转过身，我看见她的侧面
那我完全就被惊呆了
她那样挺拔、光滑，我看见她时
刚好飘起小雨，她不是在雨中
她和我一样，都在一株巨大的梧桐树下
我转过头，直面她的胸膛，即使在手机里面
也让我难以把持：因为她的美，我才不猥琐

2016

噩梦

我突然醒了。在醒之前
我做了一个梦，一个很具体的梦
与上帝无关，也与佛陀无关
这对于多年追求终极意义的我而言
肯定非常特殊。在梦中
我看见一辆巨大的推土机飞速开过
一片阳光明媚的空地
在它开过之后，一堆高楼腾空而起
把空地上的阳光和明媚一下分开
这时，对的，我在梦里看见
一群白发苍苍的老人，正慢慢爬上高楼
他们中有我死了多年的爷爷和外婆
我大叫一声，突然就醒了

2016

之间

生是一件事，死是一件事
我们在生之中，而死亡
它有时候远，有时候又比较近
就像吃饭一样，吃饭
比生更具体、比死又抽象一些
我曾经很喜欢这件事（吃）
我现在比较炫耀这件事（吃好的）
但性不是，性是生殖器、大腿和屁股
亲爱的小朵，你看得出来吗
我这次有意没有说（嘎）那两个字
我不喜欢比喻，为什么要说它是房子
而睡觉，有时是休息有时是运动
有时它们是我想看见的一朵玫瑰

2016

诗可药

刚才肚子不舒服
我说我写首诗吧
写了几行后
我的肚子就舒服了
那天也是，她的
脑袋比较晕
我还是说我写首诗吧
结果诗还没有写完
她的脑袋已经
清醒得像一台电视

2016

失败之书

昨天吃饭的时候
曹寇对我说
北岛在先锋书店买书
好多女粉丝围着哭
这让我非常难受
特别是当曹寇又问我
有几个女粉丝时
我的失败之感泪如泉涌
一个那么骄傲的人
我混得还不如王宝强好
想起 2004 年做图书
做的第一本书就是北岛的
《失败之书》
简直连喝醉的心都没有

2016

论老年人的性生活 2

在法庭上

女儿对法官说

我爸必须和

周某（后妈）离婚

这女人太淫荡

每天晚上强迫

我爸吃伟哥

搞得我爸的血压

总是居高不下

周某一直低头抽泣

听到这里

终于抬头看着女儿

问：这是你爸

亲口给你说的

2016

明天去广州到底吃不吃海鲜呢

2000 年前后

我分别认识了

乌青，竖，肉，张小静

离，晶晶白骨精，张三和威乐

张羞见过，但不认识

等去了北京

才认识张羞，张稀稀，张四和吴又

果酱，阿美，砸你家玻璃，巫昂，尹丽川

额，不对：在这之前我还认识

伊沙，沈浩波，朵渔，侯马，徐江

以及更小的木桦，贾冬阳，小宽

溜溜，旋覆，刘丽朵（她当时不叫刘丽朵）

以及春树，但我和她一直不熟

最后认识了小虚，李强和苏非舒

然后是年龄大的蓝石，祁国，老巢

好吧，不想他们了

2016

轮回

一根粗壮的蟒蛇

被另一根粗壮的蟒蛇纠缠

一根粗壮的蟒蛇它

不停地扭动它的躯体

那是它正在逃跑

但另一根粗壮的蟒蛇

它其实不是蟒蛇

它是另一个人

特别粗壮的手臂

作为一条高清视频

音乐配得好感动人

2016

半夜

我最近有个习惯

很早就睡了

半夜就起来

那时，小朵正做梦

外面也很安静

仿佛整个归云堂

都属于我

甚至整个南京和中国

都归我悄悄拥有

我唯一的遗憾

是天亮前

我找不到一个酒友

这个世界突然忙起来了

我好想和谁喝几杯

让再重新入睡后

我的梦中有人气和酒气

2016

水饺

水饺没有包好
不好意思请人吃
主要是那些馅
都基本不成功
我外婆早就说过
有些配料是绝对的
千万不可改变
比如猪肉配韭菜
和牛肉配芹菜
而我昨天的
西红柿配皮蛋
让西红柿吃不下去
皮蛋也吃不下去

2016

红油水饺

1

我一直喜欢吃
红油水饺
它开始于我对
我外婆的回忆
这很老套
几乎一端起碗
我就要这样说

2

也有友谊的地方
1979 年秋天
我和我同学路过
一家悄悄开张
的小面馆
我们一口气吃了
两斤红油水饺
他说好吃
我说，好吃

但我没有说

还是没有我外婆

做的好吃

那天我们吃完出来

有秋天的风

吹着两个立志

要当诗人的

少年

3

我后来知道

我外婆做的水饺

仅仅是用的

猪肉韭菜馅

而成都的红油水饺

都用的是纯肉馅

我更喜欢有韭菜味的

那样可以多加点醋

4

我非常讲究标配

水饺的馅就只能有

猪肉韭菜

牛肉芹菜

和羊肉胡萝卜的

而猪肉韭菜

才可以加醋

5

我外婆死后

我就好久都没有

吃过红油水饺

成都市面上买的

都属于钟水饺

那种纯肉的

也好吃，但还是没有

我外婆的猪肉韭菜好吃

因为它可以加醋

后来，我妈退休了

她也开始做水饺

有一次我一边吃

一边悄悄地哭

6

我妈做的

猪肉韭菜馅的

红油水饺

和我外婆做的

差不多是

一个味道

不过我经常奔波在外

很少吃到我妈

做的红油水饺

7

红油水饺很简单

我现在做得非常好

而且还可以做

不放辣椒的红油水饺

8

但是〇八年我还

不会做红油水饺

虽然那一年我

几乎天天陪我妈

吃红油水饺

那一年我妈病了

她一说起吃红油水饺

笑得就像一个娃娃

我们在外面

叫红油水饺回家

我吃四两

我问我妈吃几两

我妈羞怯地说

我也吃四两

9

其实一切都很好

成都，新二村

当我还没睁开眼睛

就听见一些声音

猪肉韭菜，熟油辣椒

白糖，大蒜，醋

杨黎你把大蒜剥了

我在这个地方

住了三十年，四十年，五十年

阿门，我家还在那里

10

关于红油水饺

杨轻也有她的记忆

杨又黎不知道

有没有他的记忆

当然他们现在

也来不及去想这些

南京归云堂的

窗台上有两只猫

其中一只花猫

长得好像我外婆

另一只像我妈

11

哪只像你外婆

哪只像你妈

小朵问我，我觉得

我真的分不清楚

12

现在，我会做

红油水饺了

小朵居然也喜欢
吃我做的红油水饺
她不吃辣的
我的红油就是比喻
不过她喜欢吃醋

13
我说，我说什么呢
我捧着《黄帝内经》
一个字也
没有看见

2016

杨轻说，《七月与安生》不如《我和王小菊》

又是凌晨

我躺在床上

看《七月与安生》

小朵却在梦中

哭了起来

我一惊，把她摇醒

问她怎么了

她转过身

但并没睁开眼

说了一句

你个坏蛋

又重新入睡

虽是凌晨

更黑，更静，更冷

我独自坏在

一片茫然中

2016

在海口，致敬公孙龙子

曾经有一颗尘埃

它因为孤独

爱上了另一粒尘埃

后来有一群尘埃

它们因为被歧视而发光

只是到了夜晚

这些发光的尘埃

因为苦恋、忧伤、抑郁症

而不晓得去哪里

我说的不是一匹马

我说的也不是一匹白马

阿门，白马不是马

它是这个世界上最孤独的

一粒又一粒尘埃

2016

自怜

昨天有一个人问我
你独处的时候多不多
我说，现在比较多
这个人又问
那你独处时一般干什么
我说，写诗、喝茶
抽烟和顾影自怜
过了一会儿，对方又问
还有呢？我想了想
说，都在顾影自怜里了

2017

穿衣镜

我们家曾经有
一面巨大的穿衣镜
那是我妈的嫁妆
在六十年前
属于我们乡下
最晃眼睛的光
好多人都想来照一照
仿佛身上的脏东西
一照就没有了
特别是脱了衣服
我妈神秘地说
照起来才格外好看
隔壁二姨经常来
她站在穿衣镜前
整个就像城里的姑娘

2017

| 远飞 |

远飞 0007

水往低处流
如果不是比喻
那人不需要
往高处走
特别是我自己
我就讨厌海拔
两千米以上
我是一个喜欢
懒惰的人
有阳光，有朋友
有稳定守恒的
一花，一花生米
那就太好了
所以，我也不喜欢
大海和海边
我内心超敏感
把那些瞬息万变
以及一望无边
留给麻木的诗吧

即使真的

水往低处流

我相信

那也是纯净水

而今晨听说某人

在学着走路

我的眼泪忍不住

由心底

夺眶而出

2016

远飞 0013

A 是女儿

B 是女友

她们在

十字路口

遇见

A 说哈喽

B 一笑

也说哈喽

而我在

远处

有点风

我在思考

2016

远飞 0052

我看见一款布料
在一个女人的身上
我看见布料的颜色
如果做一件睡衣
应该适合睡眠的要求
在外面看不见里面
在里面留得住
总想溜走的睡意
当我把这个想法
告诉下班回家的小朵
她听了一句
就否定了我的全部
因为她认为
我其实没有看见布料
我看见的是布料里面
被包得紧紧的身体
小巧玲珑
但胸部突出

2016

远飞 0096

其实
我就想爱一个女人
并不是这个女人
特别可爱
而是我就只想爱这个女人
如果我重新生活
从一开始到五十四岁之后
我就想
我非常愿意
做一个从一而终的男人
我和她生三个孩子
两男一女
当然女儿必须是老大
我还得再说一句
不是她有多么可爱
而是我爱她一个，唯一一个
她就是这个世界上
最最最最最可爱的人
没有办法，因为我只想认识她

2016

远飞 0134

在书城路路边喝咖啡，抽烟
我旁边是苏非，苏非旁边是不识北
但我们彼此没有说话，他们埋头
看手机，我没有看手机，没有埋头
我是默默看着路上过去的大腿
没穿裤子的腿，穿裙子和短裤的腿
有的好看，有的非常性感
我看得入迷，每过去一条腿
我都记一个数，两条腿，四条腿
直到三十条腿，三十七条
啊？怎么会是一个单数？我大惊
一抬头，看见一个单薄的背影
拄着拐杖，正从我的视线里消失

2016

远飞 0232

很多时候，我说我自己
不承认宇宙茫茫无边
因为我没有看见过茫茫
更加没有看见过无边
其实，当我从归云堂出来
我并不相信有一个宇宙
它怎么比我早了亿万光年
换句话说，我看见上帝
他因为我不信宇宙，不信茫茫
不信压根说不清楚的无边
而让我突然得了痛风
世界太可怕，我痛得沉默
作为数以亿计的人类中的一分子
我怎么也没有想到
为什么我会站在归云堂前
当夜晚降临，我和你
又要多少亿光年才可以分开

2016

远飞 0264

我要歌唱今天早晨抽烟的少女
她和我们一同上到宾馆十楼
我们去了自助餐厅，那里有好多人
一堆一堆地围着面包、烤鱼
卤肉饭、烟熏肉和洋葱炒肉丝
有一个胖女人，一盘子拿了十个包子
而她的女儿一口气吃了五碗卤肉饭
我觉得胃好难受，听着他们
咀嚼食物的声音真难听
而这时我看见和我们一同上来的少女
她站在十楼外面，看着远处
一点一点地抽着她的香烟
她是神仙，比那些吃饭的人洋气多了

2016

| 跋 |

我依然在实验中

1983 年，我写了《怪客》系列，但那是一次失败的努力。直到 1986 年完成《撒哈拉沙漠上的三张纸牌》，这一努力对我而言，终于可以画上一个比较大的句号。

不过那时形势严峻，而我又非常年轻。渴求新的言说、从根本上找到与我之前的汉语诗歌不同的诗歌，是我的追求更是我的恶作剧。在完成了"客观呈现"的《冷风景》系列后，我又开始纯语言声音的《高处》实验……直至《大声》和《小杨与马丽》，我发现我的整个写作，都在我的汉语实验中。

但我天生又是一个抒情的人，一个酒色之徒，而且我命中伤感成分还非常重。这让我在一边制订废话写作愿景时，一边写了《打炮》等许多违背废话要求的诗篇。我觉得这肯定是一个错误，但不悔。不仅不悔——我现在依然在实验中，不过已经不是汉语与诗歌的实验，而是诗歌与时间的实验。我正努力争取在我的诗中，对这两个虚构的概念，完成一次实际的突破。我不晓得是啥子，只是很期待。

杨黎

2017｜06｜15

英雄与大师

——"中国桂冠诗丛"第二辑出版后记

"中国桂冠诗丛"第二辑终于定稿。前前后后，从确定入选这一辑的诗人名单，到一首首选诗，再到不断增补他们更新的诗作，花了一年多时间。

与"中国桂冠诗丛"第一辑一样，这次入选的仍然是五位诗人。第一辑的五位诗人很好选择：严力、王小龙、王小妮、欧阳昱、姚风。他们是我心目中早就笃定认可的、出生于20世纪50年代的中国最好的五位诗人。第二辑我要选出五位出生于1960年到1965年之间的诗人，这正是中国著名的"第三代诗人"的年龄段，80年代轰轰烈烈的"第三代诗歌运动"大潮，令这个年龄段涌现出众多时至今天仍然著名的诗人。我本以为这一辑的五位诗人也会很好选，但真一个一个读下来，一个一个仔细考虑，发现很难选。

"中国桂冠诗丛"的硬门槛仍然是入选的诗人能够被我选出七十首左右我认为的好诗。这不是一件容易的事，事实上，如果能有四十首真正过硬的诗，我哪怕放低标准，再选三十首略弱些的，我也认了，但就这样，还是很困难。在出生于 1960 年到 1965 年的这一代诗人中做选择，尤其困难。"第三代诗人"中的大部分，名气远大于诗歌质量。其中很多诗人，一辈子也就一两首名作，在一个容易成名的时代，也就成了著名诗人。

　　"中国桂冠诗丛"第二辑的五位入选诗人中，我心中笃定认为能比较容易地选出七十首过硬佳作的，是韩东和唐欣，一选，果然。佳作纷呈，非常好选，常常需要忍痛割爱。他们是我们这个时代真正的大师。韩东是明面儿上的大师，几乎获得了时代的公认；唐欣是隐蔽的大师，他是最懂行的少数诗人心目中的大师。

　　"中国桂冠诗丛"选择诗人的第二个标准是，在美学上有自己独特的建树，能开某种风气之先。每一辑中，一定会选入这个年龄段中最先锋的诗人，比如第一辑中的欧阳昱。在阿吾突然从天而降，出现在我面前之前，我认为杨黎就是这个年龄段最先锋的诗人。虽然我对他的"废话"诗学从不认同，但我依然认为他是我们这个时代独特的先锋诗人，也是最好的诗人之一。我也曾经反复考虑过，是否要选入"废话派"的另一位代表诗人何小竹，但阿吾的出现，令我放弃了这一想法，阿吾诗歌中的语言活力和他日益爆发出的生命力、先锋性令我赞叹。

在确定了韩东、唐欣和杨黎之后，在阿吾未选出之前，另外两位诗人到底选谁曾让我颇费思量。由于这一代诗人普遍有强烈的"语言诗学"倾向，我曾经想，是不是应该更充分地体现这一特点，选入何小竹或者修辞化语言的典型诗人臧棣，又或者是，为了体现这套丛书的全面性，选入一位更有知识分子气质的诗人，比如黄灿然。但最终，我遵从了自己内心的声音，选择的第四位诗人是潘洗尘。潘洗尘不是语言诗人，不是修辞派，不是知识分子，也不是任何意义上的先锋诗人，不是第三代，他甚至是入选的五位诗人中最传统的诗人，是一位抒情诗人。潘洗尘的情感浓度极高，写作成本也极高，他的作品带有强烈生命意志的生死抒情，是传统抒情诗学在后现代语境下的一次反弹、一曲强音，但也有可能是一曲挽歌——写作成本太高了！唯有拿命来换，才能获得写作的有效性吗？而且我又想，如果潘洗尘能再现代一些、再先锋一些，他的生命意志能否被转化为更加杰出的文本呢？

正当我为最后一位入选诗人举棋不定时，突然看到了阿吾。阿吾的出现，完美地解决了我的难题，像是天赐的礼物。时隔多年，阿吾的诗歌突然再次在伊沙主持的《新世纪诗典》上发表，阿吾也由此重新活跃于中国最先锋的口语诗人群体中，我也因此读到了阿吾这几年的新作，其诗歌语言的活力和生命的爆发力都让我意识到，在岁月的沉淀与个人的锐意进取中，阿吾已经从"第三代"时期的语言实验天才，变成了一个从内在生命意志到充满活力的语言都体现出强烈先锋性的诗人。他的写作在近年呈现出一种井喷式爆发的姿态，我一边编选他的旧作，一边随着他的写作，增补他的新作，弄得手忙脚乱。如果阿吾的这一写作态势能够持续下去的话，他会取得更加令人咋舌的成就。

这是一个完美的组合。三位"第三代诗歌运动"的代表诗人——韩东、杨黎、阿吾；一位在第三代诗歌运动中没有留名，却在后来的写作中，超越了第三代的整体美学，进入其后更坚定的中国口语诗运动，并成为其中中流砥柱般存在的诗人——唐欣；一位成名于与"第三代诗歌运动"平行、但在诗学意识上还非常幼稚肤浅的80年代所谓的"大学生诗歌运动"，却在新世纪的晚近，在2010年之后，晚熟式爆发的抒情诗人——潘洗尘。

韩东、唐欣、杨黎、潘洗尘、阿吾，他们就是我心目中1960年到1965年出生的诗人中最好的，也是我认为的中国当代诗人中最具美学代表性的五位。他们的写作风格和秉承的美学当然也是迥异的。

杨黎、唐欣和阿吾是更为彻底的口语诗人，这个比例符合中国当代诗歌的发展潮流。语言是诗人先锋性的重要指标，口语本身就是对所有传统的、旧有诗歌语言的反动，是对来自个人生命、身体、习惯、性格的个人化语言的树立，是对语言的一次解放，是让诗歌通向更自由和开放的一次革命，口语也更能最大程度地容纳当下，令诗歌更具备当代生活的有效性，口语本身，就是一种后现代的诗歌语言。从这个意义上来讲，书面语的写作不可能具备内在的先锋性。

杨黎虽然创造了"废话诗"理论，但在我看来，杨黎真正写得好的诗，恰恰是那些更及物更有内容的，甚至更有情感的诗歌。我不想因其理论而人云亦云地将杨黎理解为完全的"语言诗学"诗人。杨黎诗歌的先锋性，更多地体现在其坚定地"去经典化"上，体现在他对一切既有诗歌形态的反动，以及其他诗歌中活跃的生命力和欲望。我们在讨论一个诗人的先锋性时，无论是"中国桂冠诗丛"第一辑中的欧阳昱，还是第二辑中的杨黎，都不应该脱离写作的有效性而仅仅从其"去经典化"来评价其先锋性。如果仅仅是"去经典化"，仅仅是从表面上看是肆无忌惮的写作，并不能构成真正的先锋。真正的先锋，还是要构筑在对诗歌的内在理解力上。唯有洞悉诗歌内在的秘密，在观念和意识上有真正的世界观的突破，其先锋精神和先锋意志才能被转化为真正有效的好诗，没有有效好诗的先锋在我看来就是只有姿态而没有内在的伪先锋。杨黎和欧阳昱都有众多结实的杰作，甚至是堪称经典的杰作（即使其写法是反经典的），这才是他们作为先锋诗人的真正的立足点。同样，他们另一个共同特点是，大量的诗歌看起来很开放，姿态很先锋，却不具备写作的有效性，内在非常空洞。但写得多就是硬道理，在那么多的诗歌中，光凭他们的才华也能被选出不少有效的好诗。

阿吾和杨黎的相似之处在于，早年他们都是以带有强烈语言实验和语言形式主义的诗歌杀入诗坛的，所以阿吾的诗歌，也一直带有"第三代诗人"前口语时代的形式主义痕迹，甚至是形式主义的固化语言思维，看起来实验性很强，实际是另一种语言的封闭。但在进入新世纪以来，尤其是近年来，阿吾写作的开放性越来越强，因此其语言的内在活力越来越强大，他又是那种能将多年积淀的生命感受、个人意志、人文精神和深刻情感与其活跃的口语水乳交融的诗人，因此其写作呈现出越来越大的能量。他正在以一位"老诗人"的身份与更年轻的几代诗人抢夺中国当代诗歌的先锋高地。

唐欣与阿吾的相似之处在于，由于他们都经历过 80 年代"语言诗学"的深刻熏陶，所以一旦他们不再仅仅迷信于"诗到语言为止"，一旦获得了诗歌的内在力量，其语言的优势就成为他们与年轻几代诗人相比的巨大优势——他们的诗歌有语言为他们撑腰。唐欣身上的先锋性显然不如阿吾和杨黎，但没有关系，因为唐欣本来就是一个更为经典向度的诗人，重要的是，他是在一种全新的语言中，创造了一种全新的诗歌经典模式。如果仅仅从创新这一点而言，他当时是先锋的。唐欣的经典情结不允许他成为一个更为激进的先锋派，所以他成了口语诗歌经典化的重要诗人。他的写作，是一种全新的大师式的写作。唐欣一直在发展自己的诗歌，从上世纪八九十年代继承自韩东、于坚的日常生活式的、讥诮式的口语，到新世纪前后大约有十年左右的口语糅杂抒情的诗歌，甚至带有部分书面语特征的诗歌，再到他近几年来坚定了直取口语核心。直达诗意本质的经典口语写作，在漫长的写作中，越写越纯，越写越本质，将语言诗意、语感诗意与事实诗意、内容诗意、生命诗意融会贯通，自成一体。其诗歌中精神的语言控制力与发生在具体生命现场中的微妙诗意相得益彰，共同构成了一种妙不可言但又知音寥寥的"唐欣体"。他总能在最小、最轻、最淡的地方实现最具体又最结实的诗意。

韩东是中国当代诗歌中最重要的几位文学人物之一。他是 20 世纪 80 年代"第三代诗歌运动"的领袖,同时也是早期中国口语诗歌运动的领袖,他在中国先锋诗歌的发展史上具有标志性意义,但其本人的创作,除了那几首标志性的如《有关大雁塔》《你见过大海》等作品外,更多的诗歌,其实先锋性并不强,他的创作更多是建筑在语言与抒情的完美结合上。他是中国当代语言能力最强的诗人之一,是经典性写作的范例式诗人。其强大而精致的语言能力与朴素的心灵经验,令其获得了无论是先锋派还是传统抒情诗人的共同认可。他虽然是早期口语运动的领袖,但他后来的写作,并没有走向更坚定的口语,相反,书面语的痕迹越来越重。在韩东的语言世界观里,他强调的始终是语言,而不是口语。他是一位恪守于语言也恪守于心灵的诗人,正是因为他始终恪守于心灵,所以他一直领先于其同时代的绝大部分"第三代"诗人。

潘洗尘并没有经历过"第三代诗歌运动"的语言诗学训练,所以他一直是一个传统意义上的抒情诗人。抒情在今天这个时代,如何才能重新变得有效?我们又如何理解传统中可贵的部分?潘洗尘用他近几年大量的诗歌给出了答案。他的写作抓住了传统的最本质要义:心灵!真挚、朴素的心灵。潘洗尘的诗，是真正意义上情真意切的诗，只有情真，才能意切。潘洗尘这个人，正是那种传统意义上的多情、情真、情浓的人，这样的人在今天，已经很少见了。正因为他是这样的人，所以才为他写出这样的诗构筑了基础。他又遭逢了个人命运的巨大震荡，生死之间的心灵挣扎，所以其诗，是动用了非常大的生命成本和心灵成本来写的，这才有了生命之厚，有了抒情诗里最尖锐的部分。唯有成本高，抒情诗才能靠其浓度和尖锐度获得美学上的存在价值。而且潘洗尘的诗歌技艺也在这个过程中被锤炼得越发精熟，越发能让其抒情诗纳入现代性的范围。他最好的诗歌，要么是动情深而真，但动静却不大，将情感浓缩地压在细微处；要不就是在日常和平淡中突然出一记重拳，勾人心魄；要不就是敞开心扉，直陈心志，简洁有力。但他一旦过于铺陈和放纵，虽然仍有传统意义上抒情诗的强力和动人之处，但诗性总归还是被减弱，现代性还是会丧失。从去年到今年，潘洗尘被查出肝癌又遭逢母亲去世，他进入了诗歌的爆发期，不可遏制的抒情欲望令他完成了一组非常重要的生死之诗（我在他的诗集中将这一组归为一辑，以诗集